INVESTIGATE with Mr BRIT!

A Masterpiece Disappears!

LES SUSPECTS
SURVEILLE-LES !

TON ASSISTANT SPÉCIAL

....

(ÉCRIS TON PRÉNOM ET TON NOM)

ES-TU PRÊT À RÉSOUDRE CETTE ENQUÊTE ? VOICI LES ÉTAPES DE NOTRE INVESTIGATION :

- Lis l'histoire jusqu'à la page 9.
- Fais les activités et, chaque fois que tu trouves un indice, va à la page 2 et observe bien les suspects et l'environnement qui les entoure : lequel d'entre eux possède l'indice ?
- Découpe les indices qui se trouvent à la fin du livre et colle-les dans le tableau pages 58 et 59, sur la ligne qui correspond au bon suspect !
- Quel personnage a le plus d'indices ? Tu as découvert le coupable ! Maintenant, colle sa photo à la page 53.

Quand tu vois ce symbole, scanne-le avec ton smartphone ou avec ta tablette et écoute le contenu audio de l'exercice que tu es en train de faire.
Sinon, tu peux aussi télécharger les enregistrements à l'adresse suivante :

https://bonus-liv.re/a/mrbrit1

AMANDA PINK
TOMMY WHITE
ALEX BLUE
LONDON
SARAH RED
BILLY GREEN
JULIE PURPLE

ENG
WELCOME TO LONDON

MR BRIT IS IN LONDON.
OH, LOOK. THE LONDON EYE.
IT'S NICE UP HERE!
IT'S SUNNY TODAY.

TO THE MUSEUM.
THE GHERKIN!
MUSEUM
BONK
OUCH!
MUSEU

AT THE MUSEUM...
TOURISTS...
YUMMY! I LIKE CAKES!
CAFETERIA
Menu
CHILDREN, THIS IS MY FAVOURITE PICTURE.
THIS IS THE FAMOUS PICTURE OF THE BLUE CAT.
DOG

OUCH!

BLUE CAT
WHERE IS THE BLUE CAT?

WHO STOLE THE PICTURE? AND WHY?
WHAT A NICE PRESENT FOR MY SISTER!
I WANT TO HANG UP A COPY. IT'S SAFER!
I WANT TO SHOW IT TO MY STUDENTS.

I WANT TO HANG IT IN MY ROOM.
I WANT TO CLEAN IT.
I WANT TO COPY IT ONTO THIS CAKE.

AMANDA PINK

1

LISTEN TO THE NUMBER AND POINT.

GOOD!
CONTINUE COMME ÇA
ET TU POURRAS DEVENIR L'ASSISTANT
SPÉCIAL DE MR BRIT DANS CETTE ENQUÊTE.
AIDE-LE À COLLECTER LES INDICES !

2

LISTEN AND CIRCLE THE SCHOOL OBJECTS.

COMPTE EN ANGLAIS COMBIEN D'OBJETS TU AS ENTOURÉS. PUIS VA À LA **PAGE** 17 ET ÉCRIS CE NOMBRE DANS LA CASE ROUGE.

AMANDA PINK

3

LISTEN AND CIRCLE THE SCHOOL OBJECTS ON THE DESK.

WHICH OBJECT IS **NOT** ON THE DESK?

____

EXCELLENT!
COMBIEN DE LETTRES LE NOM DE L'OBJET QUI N'EST PAS SUR LE BUREAU CONTIENT-IL? VA À LA **PAGE** 17 ET ÉCRIS CE NOMBRE DANS LA CASE JAUNE.

4

LISTEN AND COLOUR BY NUMBERS.

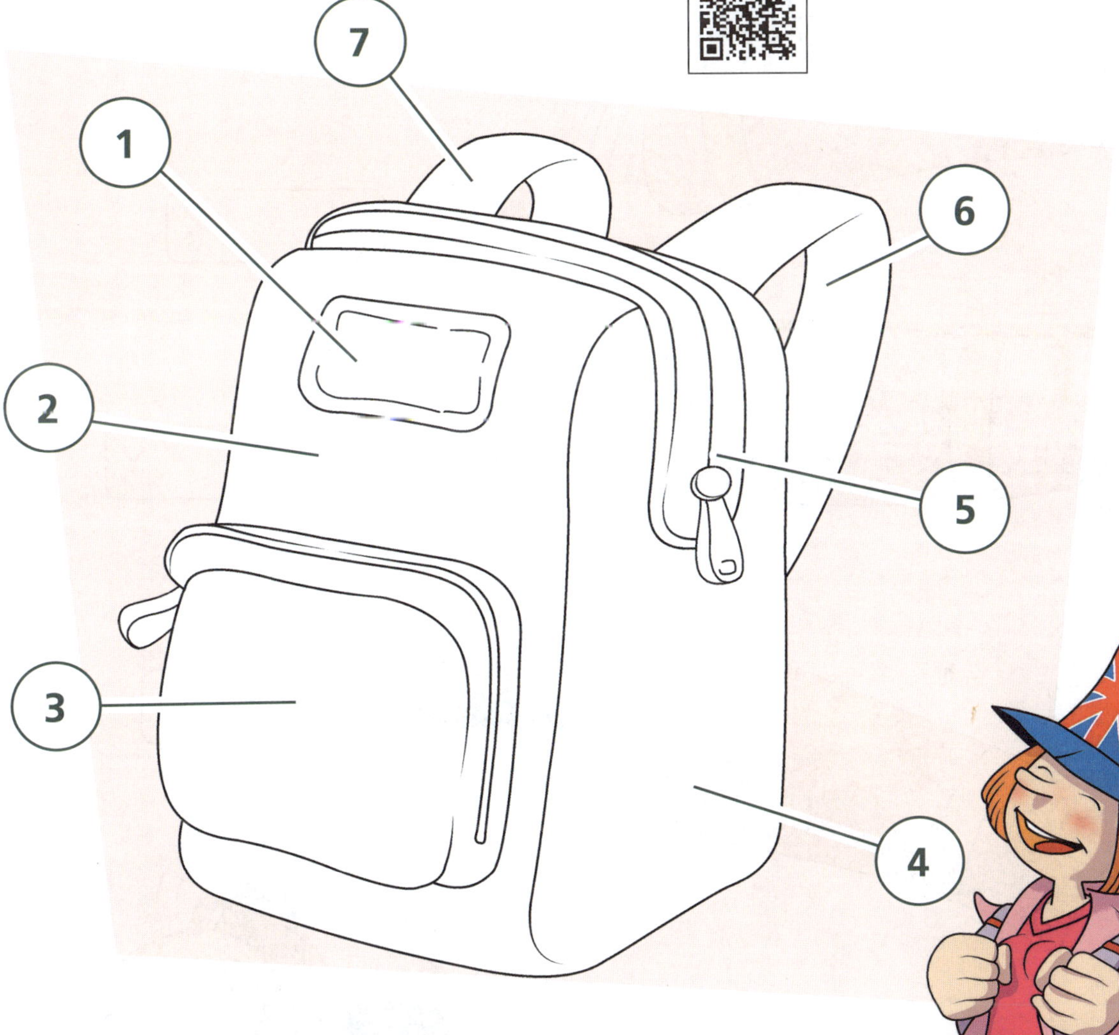

LISTEN AGAIN, POINT AND SAY THE COLOURS.

AS-TU MONTRÉ ET DIT CHAQUE COULEUR ? **VERY GOOD!** QUEL NOMBRE CORRESPOND AU VIOLET ? ÉCRIS-LE À LA **PAGE** 17 DANS LA CASE VIOLETTE.

AMANDA PINK

5

WRITE THE COLOURS.

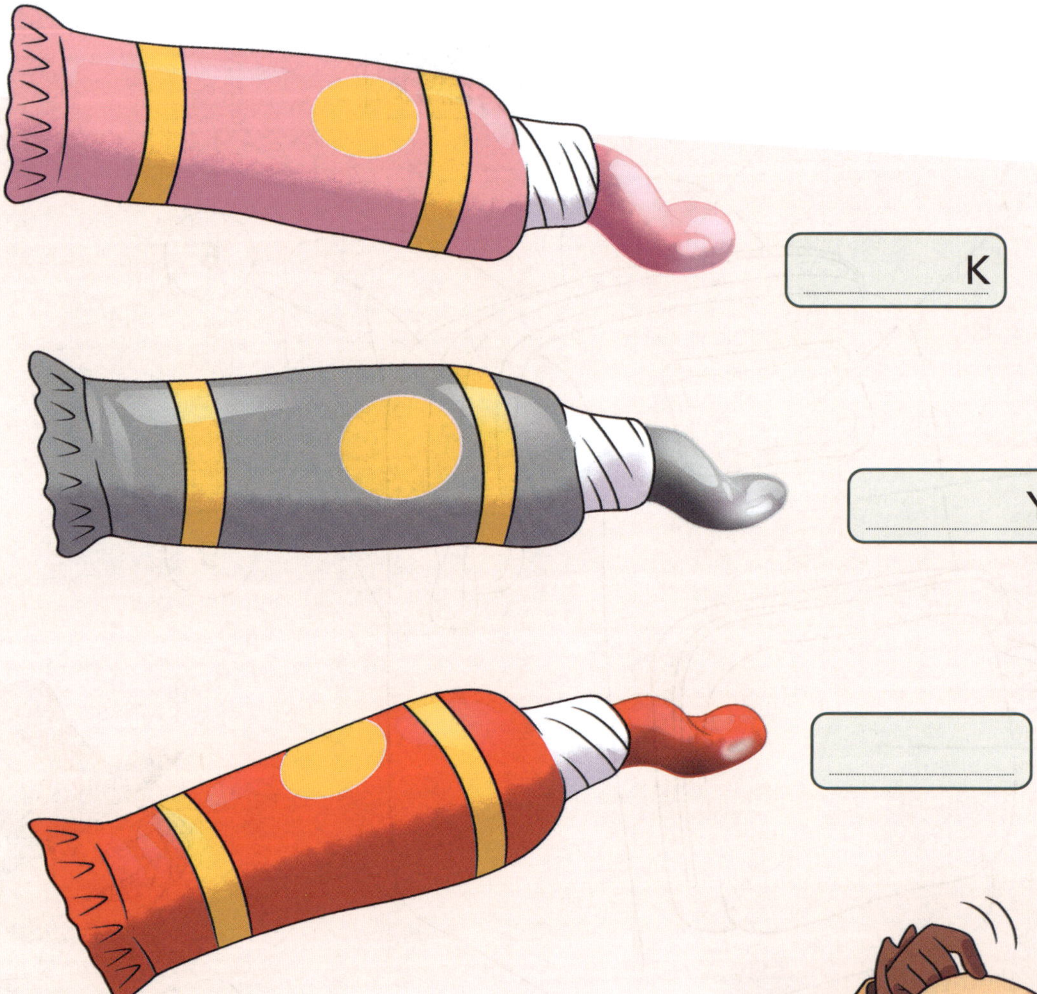

FANTASTIC!
COMBIEN DE LETTRES LE MOT POUR DIRE « GRIS » EN ANGLAIS CONTIENT-IL ? VA À LA **PAGE** 17 ET ÉCRIS CE NOMBRE DANS LA CASE GRISE.

6

LISTEN AND DRAW
THE SCHOOL OBJECTS.

WELL DONE!
COMBIEN DE CRAYONS AS-TU DESSINÉS ?
VA À LA **PAGE** 17
ET ÉCRIS CE NOMBRE DANS LA CASE VERTE.

LISTEN TO THE SOUNDS AND FOLLOW WITH YOUR FINGER.

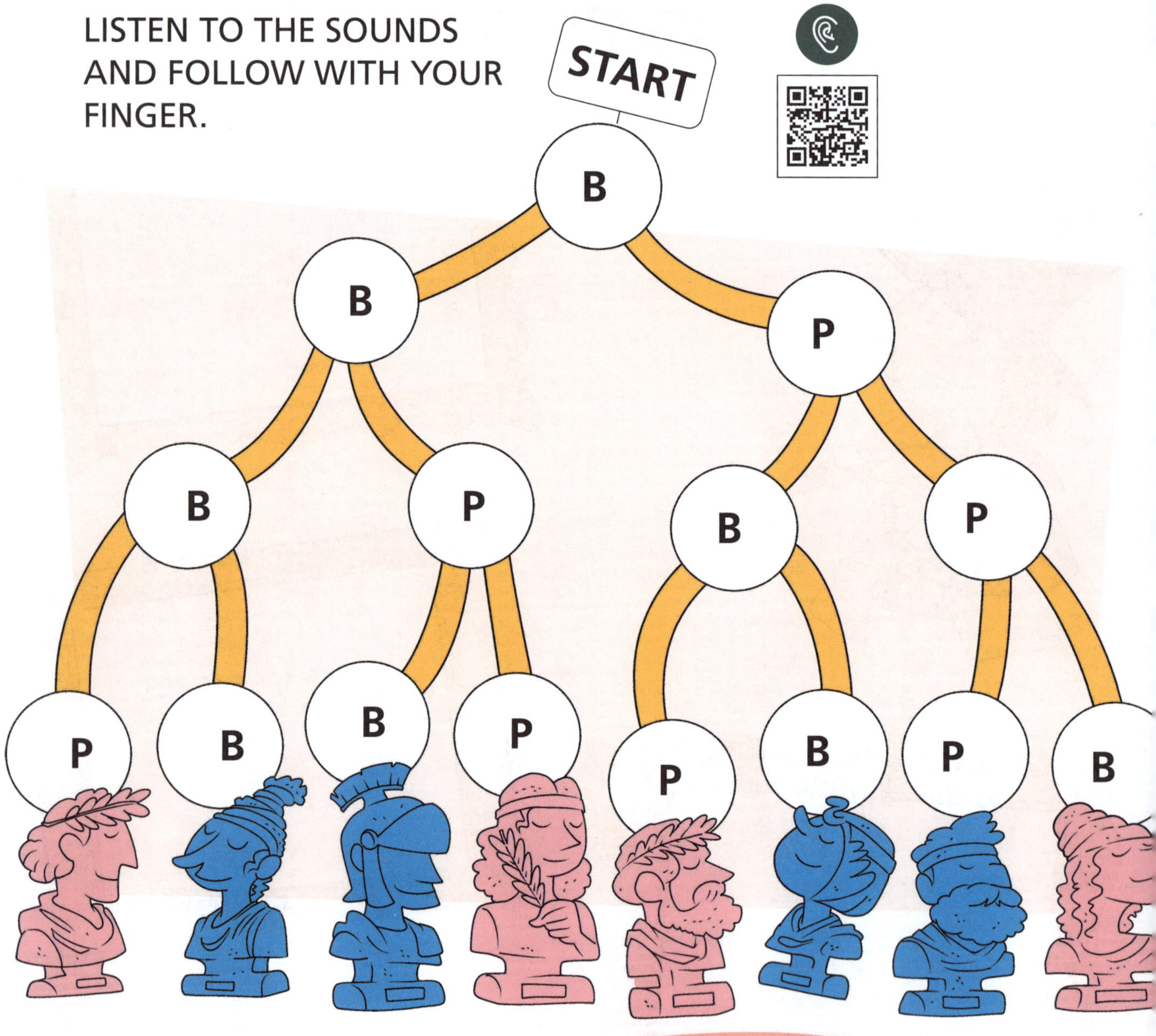

WHAT COLOUR IS THE OBJECT? WRITE IT HERE:

____

EXCELLENT!
TU AS DÉCOUVERT LA COULEUR DE L'OBJET. COMBIEN DE FOIS AS-TU PASSÉ TON DOIGT SUR LE « P » ? VA À LA **PAGE** 17 ET ÉCRIS CE NOMBRE DANS LA CASE ROSE.

LISTEN AND FOLLOW
WITH YOUR FINGER.

INDICE NUMÉRO 1

WRITE THE OBJECT:

___ ___ ___

FANTASTIC!
L'OBJET QUE TU AS ATTEINT
EST LE **PREMIER INDICE** !
POURSUIVONS L'ENQUÊTE.

TOMMY WHITE

8

FOOD! LISTEN AND CIRCLE.

VERY GOOD! TON ANGLAIS S'AMÉLIORE. COMBIEN DE FRUITS AS-TU ENTOURÉS ? VA À LA **PAGE** 23 ET ÉCRIS CE NOMBRE DANS LA CASE ROUGE.

9

HOW MANY? LISTEN AND PUT THE FOOD INTO THE BASKET.

WELL DONE!

COMBIEN DE GÂTEAUX AS-TU ENTOURÉS ? ÉCRIS CE NOMBRE À LA **PAGE** 23 DANS LA CASE JAUNE.

TOMMY WHITE

10

FOOD! LISTEN, FIND AND CIRCLE.

FOOD

EXCELLENT!
COMBIEN DE LÉGUMES AS-TU ENTOURÉS ?
VA À LA **PAGE** 23
ET ÉCRIS CE NOMBRE DANS LA CASE VIOLETTE.

11

FIND OUT THE EXIT.

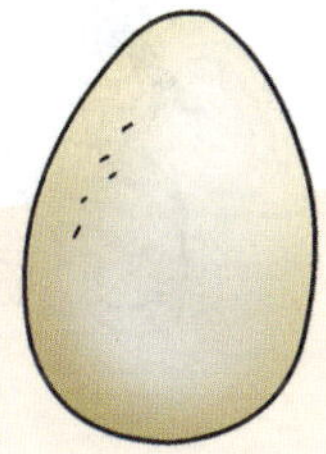

EGG

STRAWBERRY

SANDWICH

WRITE THE FOOD HERE:

____

FANTASTIC!
COMPTE LE NOMBRE DE LETTRES
DANS LE MOT QUE TU AS RECOPIÉ. ÉCRIS
CE NOMBRE DANS LA CASE GRISE DE LA **PAGE** 23

TOMMY WHITE

12

LISTEN AND CIRCLE.

EXCELLENT!
COMBIEN DE FOIS AS-TU ENTENDU « I DON'T LIKE » ? ÉCRIS CE NOMBRE À LA **PAGE** 23 DANS LA CASE VERTE.

LISTEN AND FOLLOW
WITH YOUR FINGER.

INDICE NUMÉRO 2

DRAW THE FOOD HERE:

TU AS TROUVÉ L'**INDICE NUMÉRO 2** ! QUI SERA LE PROCHAIN SUSPECT ?

13

LISTEN AND CIRCLE.

WELL DONE! COMBIEN DE PERROQUETS AS-TU ENTOURÉS ? VA À LA **PAGE** 30 ET ÉCRIS CE NOMBRE DANS LA CASE ROUGE.

14

LISTEN, READ AND MATCH.

TOMMY

MY FAVOURITE PET IS A **BIRD**.

SARAH

MY FAVOURITE PET IS A **TURTLE**.

JULIE

MY FAVOURITE PET IS A **DOG**.

ALEX

MY FAVOURITE PET IS A **RABBIT**.

1

2

3

4

EXCELLENT!
À QUEL NUMÉRO L'ANIMAL PRÉFÉRÉ DE JULIE CORRESPOND-IL ? ÉCRIS-LE À LA **PAGE** 30 DANS LA CASE JAUNE.

15

WHAT'S NEXT? DRAW AND SAY.

DRAW YOUR FAVOURITE PET.

FANTASTIC! COMBIEN DE LETTRES LE NOM ANGLAIS DE L'ANIMAL QUE TU AS DESSINÉ DANS LA DERNIÈRE SÉQUENCE CONTIENT-IL ? ÉCRIS CE NOMBRE DANS LA CASE VIOLETTE DE LA **PAGE** **30**

16

TRACE AND MATCH.

HOP

JUMP

RUN

SING

SWIM

WHICH WORD
HAS **NO** PICTURE?
COPY IT HERE:

____

GOOD!
COMBIEN DE LETTRES
COMPOSENT LE MOT
QUI N'A PAS D'IMAGE ?
ÉCRIS CE NOMBRE À LA **PAGE** 30
DANS LA CASE GRISE.

17

LISTEN TO THE STORY AND NUMBER.

☐ TURTLE

☐ RABBIT

☐ BIRD

☐ FISH

WHICH ANIMAL
IS **NOT** IN THE STORY?
COPY IT HERE:

____

FANTASTIC!
COMBIEN DE LETTRES COMPOSENT LE NOM DE L'ANIMAL QUI NE FIGURE PAS DANS L'HISTOIRE ? ÉCRIS CE NOMBRE À LA **PAGE** 30 DANS LA CASE VERTE.

18 ENGLISH SOUNDS

LISTEN AND NUMBER.

NOW LISTEN AND REPEAT.

RÉPÈTE LE CRI DES 3 ANIMAUX. AUQUEL DES 3 SONS LE SON INITIAL DE CES MOTS RESSEMBLE-T-IL ? ÉCRIS ICI LE NOMBRE QUI LUI CORRESPOND : ____________

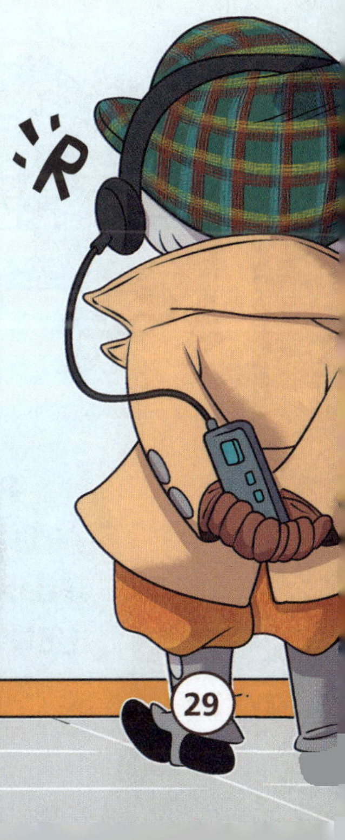

AS-TU COMPRIS À QUEL ANIMAL RESSEMBLE LE SON QUE TU AS ENTENDU ? ÉCRIS LE NOMBRE QUI LUI CORRESPOND À LA **PAGE** DANS LA CASE ROSE.

30

LISTEN AND FOLLOW WITH YOUR FINGER.

START

3		7
	4	9
6		7
5	2	
5		3
	2	5

INDICE NUMÉRO 3

WHAT ANIMAL IS IT?
WRITE IT HERE:

___ ___ ___

FANTASTIC!
TU AS TROUVÉ L'**INDICE NUMÉRO 3**. POURSUIVONS L'ENQUÊTE…

19

LISTEN AND PUT THE THINGS INTO MR GREEN'S SUITCASE.

GOOD! COMBIEN DE PAIRES DE CHAUSSURES AS-TU MISES DANS LA VALISE ? VA À LA **PAGE** 37 ET ÉCRIS CE NOMBRE DANS LA CASE ROUGE.

20

LISTEN AND NUMBER.

EXCELLENT!
À QUEL NUMÉRO LE PERSONNAGE QUI PORTE L'ÉCHARPE CORRESPOND-IL ? ÉCRIS CE NOMBRE À LA **PAGE** 37 DANS LA CASE JAUNE.

21

LISTEN AND CIRCLE.

GOOD! COMBIEN DE FOIS AS-TU ENTOURÉ QUELQUE CHOSE DE PETIT ? ÉCRIS CE NOMBRE À LA **PAGE** 37 DANS LA CASE VIOLETTE.

BILLY GREEN

22

READ, FIND AND COLOUR.

- A PAIR OF SMALL SHOES
- A NEW HAT
- AN OLD HAT
- A PAIR OF BIG GLOVES
- A PAIR OF OLD SOCKS

FANTASTIC!

COMBIEN DE LETTRES LE MOT POUR DIRE « CHAPEAU » EN ANGLAIS CONTIENT-IL ? ÉCRIS CE NOMBRE À LA **PAGE** 37 DANS LA CASE GRISE.

23

LISTEN AND NUMBER.

TODAY IT'S ________________!

WELL DONE! COMBIEN DE LETTRES LE MOT QUE TU AS ÉCRIT CONTIENT-IL ? ÉCRIS CE NOMBRE À LA **PAGE** 37 DANS LA CASE VERTE.

24 ENGLISH SOUNDS

LISTEN AND NUMBER.

NOW LISTEN AND REPEAT.

RÉPÈTE LE CRI DES 3 ANIMAUX. AUQUEL DES 3 SONS LE SON INITIAL DE CES MOTS RESSEMBLE-T-IL ? ÉCRIS ICI LE NUMÉRO QUI LUI CORRESPOND : ______________

EXCELLENT! VA À LA **PAGE** 37
ET ÉCRIS CE NOMBRE DANS LA CASE ROSE.

LISTEN AND FOLLOW WITH YOUR FINGER.

START

8		3
	7	9
5		8
4		6
	1	3
8		3

INDICE NUMÉRO 4

WRITE THE OBJECT HERE:

___ ___ ___

FANTASTIC!

TU AS TROUVÉ L'**INDICE NUMÉRO 4**. L'ENQUÊTE SE POURSUIT.

SARAH RED

25

LISTEN AND NUMBER.

GOOD!
COMBIEN D'ORTEILS Y A-T-IL SUR UN PIED ? ÉCRIS CE NOMBRE À LA **PAGE** 44 DANS LA CASE ROUGE.

26

LISTEN AND DRAW.

EXCELLENT!
À QUEL NUMÉRO LE DESSIN QUI A LES JAMBES COURTES CORRESPOND-IL ? VA À LA **PAGE** 44 ET ÉCRIS-LE DANS LA CASE JAUNE.

27

LISTEN AND MATCH THE EMOJIS.

VERY GOOD! À QUEL NUMÉRO L'ÉMOJI « INQUIET » CORRESPOND-IL ? ÉCRIS-LE À LA **PAGE** 44 DANS LA CASE VIOLETTE.

28

LISTEN AND DRAW THE FACES. LISTEN AGAIN AND WRITE.

WHAT ABOUT YOU?
HOW ARE YOU FEELING TODAY?
DRAW YOUR FACE.

AS-TU DESSINÉ DES VISAGES ? COMBIEN Y A-T-IL DE GENS « HEUREUX » ? COMPTE-LES ET ÉCRIS CE NOMBRE À LA **PAGE** 44 DANS LA CASE GRISE.

29

MR BRIT HAS 4 BROTHERS. LISTEN, LOOK AND WRITE THEIR NAMES.

WELL DONE! COMBIEN DE LETTRES COMPOSENT LE NOM DU FRÈRE AUX LONGUES JAMBES ? ÉCRIS CE NOMBRE À LA **PAGE** 44 DANS LA CASE VERTE.

30 ENGLISH SOUNDS

LISTEN, READ AND REPEAT.

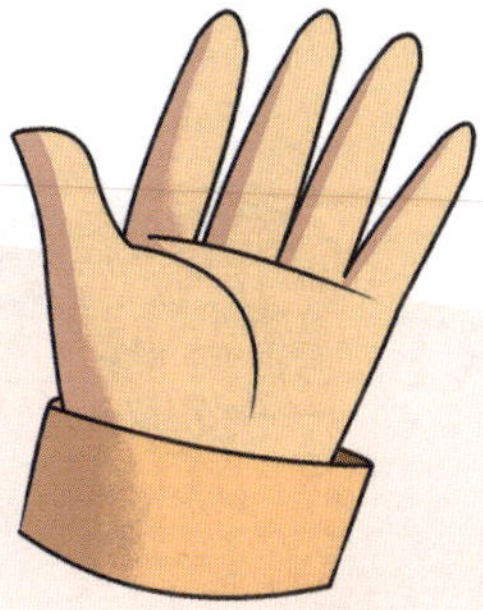

HAND

HEAD

HAPPY

LISTEN AND REPEAT
IN FRONT OF A MIRROR.

AS-TU RÉPÉTÉ LES MOTS DEVANT UN MIROIR ? QUE SE PASSE-T-IL ?

FANTASTIC! COMBIEN DE MOTS AS-TU ENTENDUS ET RÉPÉTÉS DEVANT LE MIROIR ? VA À LA **PAGE** 44 ET ÉCRIS CE NOMBRE DANS LA CASE ROSE.

LISTEN AND FOLLOW WITH YOUR FINGER.

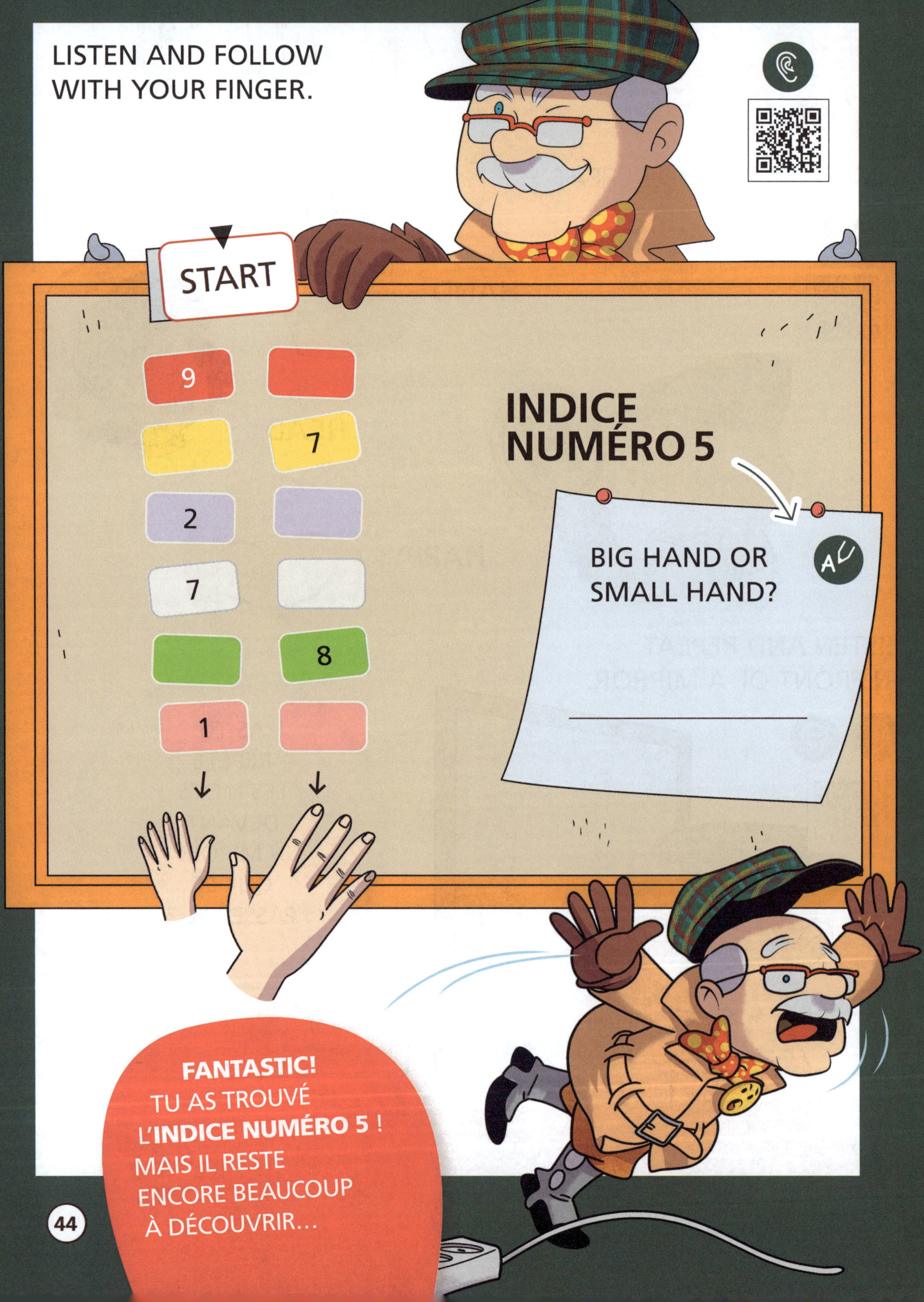

FANTASTIC!
TU AS TROUVÉ L'**INDICE NUMÉRO 5** !
MAIS IL RESTE ENCORE BEAUCOUP À DÉCOUVRIR…

31

LISTEN AND PUT THE TOYS INTO THE BOX.

VERY GOOD!
COMBIEN DE JOUETS LA BOÎTE CONTIENT-ELLE MAINTENANT ? ÉCRIS CE NOMBRE À LA **PAGE** **51** DANS LA CASE ROUGE.

JULIE PURPLE

32

LISTEN, FIND AND CIRCLE.

FANTASTIC!
COMBIEN DE BALLONS AS-TU ENTOURÉS ? ÉCRIS CE NOMBRE À LA **PAGE** **51** DANS LA CASE JAUNE.

33

LISTEN AND CIRCLE THEIR FAVOURITE TOYS.

VERY GOOD! QUI AIME LA GUITARE ? COMPTE LES LETTRES DE SON NOM ET ÉCRIS CE NOMBRE À LA **PAGE** 51 DANS LA CASE VIOLETTE.

34

WHERE IS MR BRIT'S UMBRELLA?
LOOK AT THE PICTURE AND ANSWER.

1. IS IT **ON** THE TABLE?

☐ YES ☐ NO

2. IS IT **IN** THE BOX?

☐ YES ☐ NO

3. IS IT **UNDER** THE TABLE?

☐ YES ☐ NO

EXCELLENT!
À QUEL NUMÉRO LA RÉPONSE
« YES » CORRESPOND-ELLE ?
ÉCRIS-LE DANS LA CASE GRISE DE LA **PAGE** 51

35

WHERE IS THE BALL? LISTEN AND DRAW.

FANTASTIC!
COMBIEN DE LETTRES LE MOT ANGLAIS POUR DIRE « BALLE » A-T-IL ? ÉCRIS CE NOMBRE À LA **PAGE 51** DANS LA CASE VERTE.

JULIE PURPLE

36

ENGLISH SOUNDS

LISTEN, READ AND REPEAT.

TU AS ENTENDU COMMENT SE PRONONCE LE SON « **T** » EN ANGLAIS ! ÉCOUTE CES MOTS : COMBIEN DE FOIS ENTENDS-TU LE SON « **T** » ? ÉCRIS LE NOMBRE ICI :

....

FANTASTIC!
COMBIEN DE MOTS COMMENCENT PAR LE SON « T » ? ÉCRIS CE NOMBRE À LA **PAGE** 51 DANS LA CASE ROSE.

LISTEN AND FOLLOW WITH YOUR FINGER.

START

2		3
	6	7
1		5
2		8
	9	6
5		1

↓ ↓ ↓

INDICE NUMÉRO 6

WRITE THE TOY HERE:

____

TU AS TROUVÉ L'**INDICE NUMÉRO 6** ! IL MANQUE LE **DERNIER INDICE**… REGARDE L'HISTOIRE DANS LES PROCHAINES PAGES ET AIDE-MOI À LE DÉCOUVRIR !

ENG
WHERE IS THE FINAL CLUE?
HERE IT IS! IT'S A DOLL!
THE CULPRIT IS...

THIS IS MY SPECIAL ASSISTANT!
DESSINE TON AUTOPORTRAIT.

WELL DONE, MY DEAR FRIEND!
COLLE ICI L'IMAGE DU COUPABLE !

DICTIONNAIRE ILLUSTRÉ

NUMBERS = NOMBRES

1 **ONE** = UN

2 **TWO** = DEUX

3 **THREE** = TROIS

4 **FOUR** = QUATRE

5 **FIVE** = CINQ

6 **SIX** = SIX

7 **SEVEN** = SEPT

8 **EIGHT** = HUIT

9 **NINE** = NEUF

10 **TEN** = DIX

HOW MANY...? = COMBIEN... ?

COLOURS = COULEURS

BLACK = NOIR
BLUE = BLEU
BROWN = MARRON
GREEN = VERT
GREY = GRIS
ORANGE = ORANGE
PINK = ROSE
PURPLE = VIOLET
RED = ROUGE
YELLOW = JAUNE

WHAT COLOUR IS...?
= DE QUELLE COULEUR EST... ?

WHICH COLOUR...?
= QUELLE COULEUR... ?

MY FAVOURITE COLOUR IS...
= MA COULEUR PRÉFÉRÉE EST...

SCHOOL OBJECTS = OBJETS D'ÉCOLE

BAG = SAC

BOOK = LIVRE

CRAYONS = CRAYONS GRAS

DESK = BUREAU

PEN = STYLO

PENCIL = CRAYON À PAPIER

PENCIL CASE = TROUSSE

RUBBER = GOMME

RULER = RÈGLE

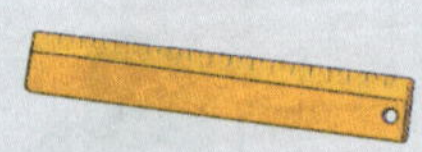

SCISSORS = CISEAUX

WHICH OBJECT...?
= QUEL OBJET... ?

FOOD = NOURRITURE

BISCUITS = BISCUITS 

BREAD = PAIN 

CAKE = GÂTEAU 

CARROT = CAROTTE 

CHEESE = FROMAGE 

EGGS = ŒUFS 

GRAPES = RAISIN 

JUICE = JUS 

MILK = LAIT 

MILKSHAKE

= MILKSHAKE 

SANDWICH = SANDWICH 

STRAWBERRY = FRAISE 

I LIKE / I DON'T LIKE...
= J'AIME / JE N'AIME PAS...

POSITIONS = POSITIONS

ON = SUR **UNDER** = SOUS

IN = DANS **BEHIND** = DERRIÈRE

WHERE IS...? = OÙ EST... ?

ANIMALS = ANIMAUX

BIRD = OISEAU 

CAT = CHAT 

DOG = CHIEN 

FISH = POISSON 

HAMSTER = HAMSTER 

PARROT = PERROQUET 

RABBIT = LAPIN 

TURTLE = TORTUE 

MY FAVOURITE PET IS A...
= MON ANIMAL DOMESTIQUE PRÉFÉRÉ EST...

WHICH ANIMAL...?
= QUEL ANIMAL... ?

WEATHER = MÉTÉO

COLD = FROID 

RAINY = PLUVIEUX 

SNOWY = NEIGEUX 

SUNNY = ENSOLEILLÉ 

WINDY = VENTEUX 

TODAY IT'S... = AUJOURD'HUI IL FAIT...

CLOTHES = VÊTEMENTS

COAT = MANTEAU

GLOVES = GANTS

JUMPER = PULL

SCARF = ÉCHARPE

SHIRT = CHEMISE

SHOES = CHAUSSURES

SOCKS = CHAUSSETTES

TROUSERS = PANTALON

I AM WEARING...
= JE PORTE...

TOYS = JOUETS

BALL = BALLE

BIKE = VÉLO

CAR = VOITURE

DOLL = POUPÉE

GUITAR = GUITARE

PUPPET = MARIONNETTE

SCOOTER = TROTTINETTE

TABLET = TABLETTE

TEDDY = NOUNOURS

TRAIN SET = PETIT TRAIN

BODY PARTS = PARTIES DU CORPS

ARMS = BRAS

FEET = PIEDS

HANDS = MAINS

HEAD = TÊTE

LEGS = JAMBES

TOES = ORTEILS

I'VE GOT... = J'AI...

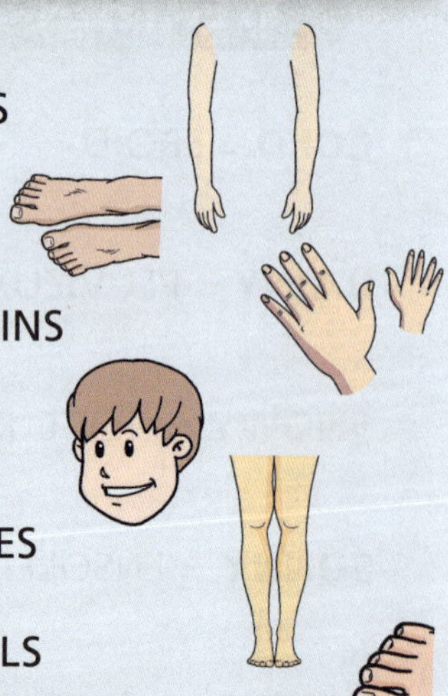

ACTIONS = ACTIONS

HOP = SAUTILLER

JUMP = SAUTER

RUN = COURIR

SING = CHANTER

SWIM = NAGER

WALK = MARCHER

I CAN... = JE PEUX / SAIS...

ADJECTIVES = ADJECTIFS

BIG = GRAND

LONG = LONG

NEW = NOUVEAU

OLD = VIEUX

SHORT = COURT

SMALL = PETIT

FAMILY = FAMILLE

BROTHER = FRÈRE 

DAD = PAPA 

GRANDMA = MAMIE 

GRANDPA = PAPI 

MUM = MAMAN 

SISTER = SŒUR 

EMOTIONS = ÉMOTIONS

HAPPY = HEUREUX 

SAD = TRISTE 

TIRED = FATIGUÉ 

WORRIED = INQUIET 

DETECTIVE LANGUAGE = LANGAGE DU DÉTECTIVE

ASSISTANT = ASSISTANT

CLUE = INDICE

CULPRIT = COUPABLE

LÉGENDE DES CONSIGNES

FIND = TROUVE

POINT = MONTRE

CIRCLE = ENTOURE

COLOUR = COLORIE

SAY = PRONONCE

DRAW = DESSINE

READ = LIS

MATCH = RELIE

NUMBER = NUMÉROTE

REPEAT = RÉPÈTE

WRITE = ÉCRIS

LISTEN AND ... = ÉCOUTE ET...

COLOUR BY NUMBERS = COLORIE EN SUIVANT LES NUMÉROS
COPY HERE = RECOPIE
FIND OUT THE EXIT = TROUVE LA SORTIE
FOLLOW WITH YOUR FINGER = SUIS AVEC TON DOIGT
PUT THE... INTO... = METS LE/LA... DANS...
WHAT'S NEXT? = QUELLE EST LA SUITE ?

	INDICE 1	INDICE 2	INDICE 3
 AMANDA PINK			
 TOMMY WHITE			
 ALEX BLUE			
 BILLY GREEN			
 SARAH RED			
 JULIE PURPLE			

COLLECTE LES INDICES ET TROUVE LE COUPABLE !

C'EST LE PERSONNAGE AVEC LE PLUS D'INDICES

INDICE **4**	INDICE **5**	INDICE **6**	INDICE **7**

LES AUTEURS

MICHELE DALOISO : Professeur associé de didactique des langues vivantes à l'université de Parme, il dirige le groupe de recherche EliCom (Inclusive Language Education and Communication) en partenariat avec le Centro Studi Erickson. Il est l'auteur de nombreuses publications sur l'enseignement inclusif des langues, en particulier pendant l'enfance. Il a publié, entre autres, la monographie *Supporting Learners with Dyslexia in the ELT Classroom* (2017) qui a gagné le Ben Warren Trust Prize de l'International House.

LUCIANA FAVARO : Titulaire d'un doctorat en sciences du langage. Ses principaux champs de spécialisation sont l'étude des langues étrangères dans le contexte préscolaire et scolaire, l'utilisation de différentes technologies d'enseignement des langues et le CLIL. Investie dans de nombreux projets de recherche, elle a une grande expérience en matière de formation et est membre du groupe EliCom, dirigé par Michele Daloiso. Elle est l'auteure de textes publiés par la maison d'édition Erickson et par l'Oxford University Press.

FRANCESCA PANZICA : Enseignante à l'école primaire, elle a une grande expérience dans le domaine de l'enseignement des langues et elle est experte dans l'utilisation des technologies d'enseignement. Elle a participé à de nombreuses initiatives avec Indire, le Cremit de l'Université catholique de Milan et European Schoolnet, et elle est membre du groupe EliCom, dirigé par Michele Daloiso. Elle est l'auteure de textes publiés par la maison d'édition Erickson et par l'Oxford University Press.

Cet ouvrage a été publié en italien en 2021 par Edizioni Centro Studi Erickson sous le titre *Che mistero... Mr Brit! La scomparsa del gatto blu.*

Pour l'édition originale :

Via del Pioppeto 24 – 38121 Trento

www.erickson.it - www.erickson.international
Progettazione e storyboard: Sara Lisa Di Mario
Progetto grafico e impaginazione: Chialab
Editing: Carmen Calovi
Revisione linguistica: Sarah J. Arbia
Audio: Jinglebell Communication
Illustrazioni: Mauro Marchesi
Direzione artistica: Giordano Pacenza e Samuele Prosser

Pour l'édition française :

21, rue du Montparnasse
75283 Paris Cedex 06

ISBN 978-2-03-608166-6

Direction de la publication : Carine Girac-Marinier
Direction éditoriale : Marion Vaillant
Édition : Cecilia Casale
Relecture des textes français : Vediteam
Couverture : Sophie Rivoire, Frédéric Manlay
Fabrication : Julie Joubin

9782036081666 / 01
Fabriqué par Éditions Larousse
21, rue du Montparnasse 75006 Paris France
LIVRES-LAROUSSE@larousse.fr
Imprimé en Espagne par Macrolibros SL
Dépôt légal : mars 2025 - 338800/01
N° de projet : 11057775 - février 2025

PAPIER CERTIFIÉ
LAROUSSE s'engage pour l'environnement en réduisant l'empreinte carbone de ses livres. Celle de cet exemplaire est de : 200 g éq. CO_2
Rendez-vous sur www.larousse-durable.fr

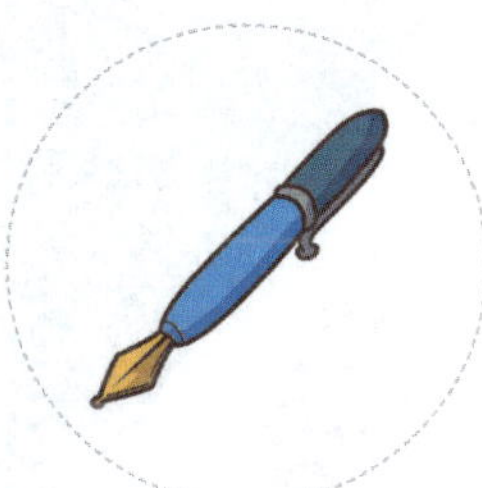

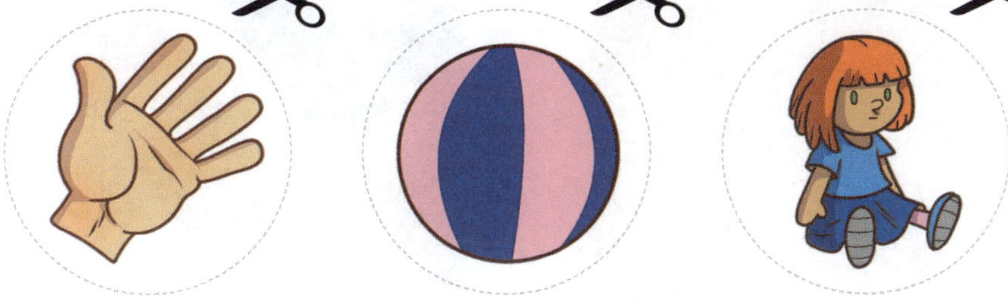

AMANDA
PINK

TOMMY
WHITE

ALEX
BLUE

BILLY
GREEN

SARAH
RED

JULIE
PURPLE